湖をさがす

umi wo sagasu

短歌日記 2011

永田 淳

Jun Nagata

ふらんす堂

J A N U A R Y

初めての母なき
元旦《あした》迎えたり暇《いとま》あ
る日は寂しきものを

1/1
SAT

1/2 SUN

感覚のうすき指先ポケットににぎりつつゆく晨《あさ》の地下道

満月の比叡の峰に上
がれるをあわれと
言いて車窓に眺む

1/3
MON

虫の音の絶えし季に
て深更を池の辺に
来ぬ楡に寄りそう

1/4
TUE

石蕗の咲きいる門《かど》に
車寄せレンタルビ
デオを返してきたり

1/5
WED

極月の北より昇る
月を見きかの日々
母に癌のあらずや

1/6
THU

1/7
FRI

酸茎《すぐき》菜の厚らなる
葉に雫ありひとつ
ひとつの曲面に雲

1/8
SAT

忽然と消えてゆくもの思いいる携帯電話に積もれる澱の

1/9
SUN

文語定型にはみだす
部分の感情を夜の
湯槽に掬ってもみる

1/10
MON

かの夏のとり戻せざ
る若さなりひとひら
ひとひら冬深みゆく

1/11
TUE

テニス部の部室にビー
ルを飲みいしころわが
肉叢の健やかなりき

1/12
WED

乾坤の低きをわたる
日輪のユッカの花
芽の高くつのぐむ

高野槙丸く刈り込まるる庭を見知らぬ人のとなりに立てり

1/13
THU

門を差す裏木戸の
なき家がわが実家
なり石段を降る

1/14
FRI

1/15
SAT

夕顔に遠き季にてきりきりと蕾は硬さをほどかんとすも

氷きるをところも玄鳥
もおらぬ夜を母は確
かに死にたまいたり

1/16
SUN

十六分交差点にて待ちいしに五度のクラクションを聞きたり

1/17
MON

さやさやと息子の
尿《ゆまり》の音聞こゆ塾を
終え来し夜の厠に

1/19
WED

雌鴨の漁る水脈が
ゆっくりと冬の川
面を渡りてゆけり

1/20
THU

石の上にプンッと飛び
跳ぬるキセキレイその
脚力の確かなること

駐車場より出で来し
男四人ともタバコ
吸いいいる夜の木屋町

1/21
FRI

地下鉄に夜 乗りた
ればば紺色のシートに
ドングリ二つ残さる

1/22
SAT

簡単にはほどけてゆか
ぬ酔いかかえゆらゆら
ゆらと眠りてしまう

1/23
SUN

1/24
MON

わが鬱を身内に養い
晴れすぎた冬の空
へと昇りてゆけり

こんなにも人とすれ違ったのに四条河原町知った顔にはいちども遇わず

1/25
TUE

1/26
WED

君の寝坊すなわち子らの寝坊にて学校までを送りてゆきぬ

地下構内を吹きいる
風の出所をいぶかし
みつつパン屋を覗く

1/27
THU

1/28
FRI

しまい湯やいちばん湯な
どと名付けられ日本の
風呂は大事にされ来し

1/29
SAT

何もかもを知っている
よという顔をして椋は
黄葉も散らしはじめつ

街《まち》騒《さい》が遠くに聞こ
ゆる竹林に夜の牝
鹿を探していたり

1/30
SUN

尻《いさらい》の夜の竹の間に
白く見ゆ牝鹿数
頭跳ねてゆきけり

1/31
MON

F E B R U A R Y

半分に割れたる母の頤《おとがい》の骨拾えざりきと夜の湯舟に

2/1
TUE

2/2
WED

竹箸の長きを持ち
て子に隣り骨にな
りたる母を拾いき

食べえざる歯も丹念
に磨きけん母の枕
辺にありし歯刷子

2/3
THU

2/4
FRI

山茶花の咲きいる下
辺を暗渠なり堰の
あるらん水落つる音

黄のカンナ花のままに
て素枯れいて冬の朝
日の差し入るあたり

2/5
SAT

2/6
SUN

ああきっと日々は悔ゆ
るためにある遠雷が分
厚き雲を下より照らす

いつかの遠い夏の空に思
い出すだろうこの世に
あって風に吹かれたのを

2/7
MON

鶇がヒーと鳴き
たり南天を十二
啄み冬空にたつ

2/8
TUE

自販機の釣銭口をひ
とつずつ確かめて
ゆく黒ランドセル

2/9
WED

冬風にひらひらひらら光
を返している迷子猫
の貼り紙三月《みつき》経ぬ

2/10
THU

塩化カルシウムの白
き袋の中ほどが折れ
て立ちいる十王堂橋

2/11
FRI

2/12
SAT

雪の上に雪の降り
積む夜の空を月より
り低き雲覆いいる

2/13
SUN

雪明かりというのもほ
のぼのさみしくて月の
出ぬ夜を歩いて帰る

2/14
MON

体温を直接伝え
るモノたちの足
跡深し朝の雪道

笑福と腹に書かるる
招きねこ喫茶ル・
トンに左手をふり

2/15
TUE

2/16
WED

ゴミ箱を膝に挟み
て鉛筆を削りたり
母の遺稿を置きて

遠心と向心の力思い
おり「のぞみ」のバン
クを抜けゆくところ

2/17
THU

2/18 FRI

「ルパンⅢ世」の中に「ルパンⅢ世」のフィクションの無し外《と》に雪が降る

炭酸の泡がやがては
消えてゆくごとく
に母の死は忘れる

2/19
SAT

2/20
SUN

雪代を集めて流るる
小川辺にしましし
時を逝かしめにけり

花の上に消残る雪
を戴ける臘梅の
枝のはつかな撓み

2/21
MON

2/22
TUE

青空ゆ降り来る風花
まばらなり畝に茶
色く菊菜すえおり

うちつけに風吹きぬ
くる畑《はた》の辺《へ》に幟のい
たくはためきいるも

2/23
WED

2/24
THU

母の死をただに遠
しと思いいき去年
如月の新月のころ

2/25
FRI

金星と二日月うく東山暁ちかしパキスタン遠し

2/26
SAT

何十キロ離れ飛ぶかは
分からぬにわが機より
たかく航く一機あり

山間の水はりはりはり
そに架かる白き橋
あり機上より見ゆ

2/27
SUN

2/28
MON

寒き夜を一人し歩
き帰りたり大三
角の山に触れいる

M A R C H

3/1
TUE

開き直りもひとつの力と
思ほゆクリームキンマリ《クリキン》
57.5kg《ゴーナナハン》の手触り

3/2
WED

駐車場にふくれてとまる四十雀車降るればチチと飛びゆく

3/3
THU

逆光の地下鉄の階《きだ》
降《くだ》りくる君の表
情の刹那翳りき

3/4
FRI

この朝を巨き足跡で
歩みくるもののあら
ば待つ春の窓あけ

トーテムポールに陽の
射すごとく時充ちて
冷蔵庫には赤卵並む

3/5
SAT

3/6
SUN

アーケードにそば殻を売る寝具店雨に濡れざる山茱萸咲けり

老いの家に老いの時間の流るるを午後の半刻朱の入るゲラ

3/7
MON

3/8
TUE

里子さんつねに制
服姿にて立ちてお
りにき母の机上に

角度もち格子戸ごし
に差し込める弥生の
あさひ湯舟に見たり

3/9
WED

3/10
THU

大いなる月の天辺
欠けいたり欠け
いる影に歳月宿る

一日の終らんとする食卓に遠足の顚末妻は伝うる

3/11
FRI

3/12
SAT

深更にこの部屋のみを
灯ともしぬリキュー
ル類と書かれて麦酒

湯上がりにタオルを裸
に巻きつけて生返事ば
かりの息子であるよ

3/13
SUN

定食の焼きサンマの背骨まで食ってしまえり
松村正直

3/14
MON

卵抱きヤマトヌマ
エビ仰のけに泳ぎ
いるらん満月の湖

3/15
TUE

3/16
WED

春浅し南に寄りて
出る月の面《おもて》隈なく
陽に晒されて

カシューナッツ入りの
柿の種うまくなし自動
製氷機不意に音たつ

3/17
THU

3/18
FRI

ちゃんちゃんとコント
のオチを思わせて蛇口
の滴落ち終わりたり

電柱に茶色く枯れて
結わえられ百合は
しずかに傾きていつ

3/19
SAT

春土の湿りを帯びて黒々し機影の低くく降りゆくが見ゆ

3/20
SUN

枯れ蘆の根元は緑《あお》
みいるならんの春の
潮の寄れる河口に

3/21
MON

3/22
TUE

ちかちかと鉄の冷えゆく音のする春宵くるまをリモコンに鎖せば

3/23
WED

先生など嘘くさき呼称《な》
で呼ばるるも呼ぶも
嫌なり菜の花の黄

3/24
THU

亭亭とアケボノスギ
の二本あり死は触れ
てゆくその赫き枝に

枯れいるも咲きいるも
ある雲間草夜《よ》はそこ
だけを連れ忘れ来し

3/25
FRI

3/26
SAT

ずいずいと朝の尖端
のびてきて天頂の
月たるんでしまう

舌の上を通らぬ泡
もあるならん缶
ビール呷る桜の柄の

3/27
SUN

3/28
MON

不在とは大いなるゆ
え気付かざり　全
天に春　雲の動かず

バプテスト病院２１３号室より大文字が見えていた

あの病室《へや》ゆ見えていし
かば大の字の左のハ
ライに窓見ゆるらん

3/29
TUE

3/30
WED

四角くて青い袋に
入りしまま土曜に
借りたるDVDは

吹く風に未だ戦が
ぬ麦の芽の左右に
見える道帰るなり

3/31
THU

A P R I L

国民を死地へと送る
も国民に銃口向く
るもいずれも元首

4/1
FRI

4/2
SAT

狂犬であれども憎めぬ大佐なりき瓦礫の街が二面に載りぬ

イスタンブールに昼であ
るらん春の陽がざらり
ざらりと沈んでゆきぬ

4/3
SUN

4/4
MON

二度三度抱かれしこと
もありにけん里子さん
歌うべし母あらざれば

4/5
TUE

不意に咲く辛夷はい
つもまっすぐな道
の両側すべてが辛夷

4/6 WED

連翹や雪柳など植えらるる出町柳を左折してゆく

限られた時間を生きて限りえぬ時間を死なん桜はなびら

4/7
THU

4/8 FRI

落葉焚きしている煙
か下御霊神社にう
すく昇りてゆけり

遠き日に思い出すら
ん南淡の海辺に春
の陽の射していし

4/9
SAT

4/10
SUN

子を四《よ》人《たり》連れて歩く
も愉しかりムラサキ
ハナナは川縁に咲く

春の夜を頑張らない
ように頑張ろうなど
と括りて送信を押す

4/11
MON

お父さん寝なきゃあ
かんと櫂の言うお父
さんなれば春月仰ぐ

4/12
TUE

ヒコバエが掘り返され
てセメントが張られて
そして人が住みたり

4/13
WED

4/14
THU

あと何度会えるだろう
という感慨を持たざる
齢をいま生きている

スナメリを二頭見し
こと子らに言う春
の鳴門に十五年前

4/15
FRI

4/16
SAT

お父さんと呼びくるる
のもあと僅か櫂は帽子
をかぶって寝にゆく

三条の菊一文字に
鋼製菜切り包丁
買いにゆきたし

4/17
SUN

春の夜に忍び込みた
ることもある植物
園のくらき森見ゆ

4/19
TUE

描かれし女《おみな》も描きし
男《お》もみな死にてあ
りラファエル前派

めとるとは女を取るだと
気づきたり　過去世に
名もなく物と交わされ

4/20
WED

光ならば届かんものを
言葉とは音である
ゆえ届かず　月に

4/21
THU

4/22 FRI

おそらくはここにも
名前のあるならん
楊枝の元の三筋の溝

4/23
SAT

去年の花思い出だせず歩きおり蘂を残して散る桜花

門の辺にパンジー五
つ咲かしめて四人家
族は越してゆきたり

みなかみに鼻先向
くる大鯉のその
丸き胴翻るみゆ

4/25
MON

4/26
TUE

鴨川の底を漁る大
鯉の身を翻すと
きかがやきを見す

4/27
WED

愉しげにへそくりあ
るを子らが言う校
長室の抽出し二段目

4/28
THU

春の夜をひとり食いおりNHK教育「高校化学」を見つつ

逝く春と誰が言いしか
春ゆかず朽ちてゆく
のみ木瓜は朱に咲く

4/29
FRI

4/30
SAT

今日一日身を鎧いし
ジャケットの型くずれ
たり椅子の背が着る

M A Y

東京に住まざる生を
よしとせり大島桜
は午後の陽に透く

5/1
SUN

5/2
MON

晩春の芦屋駅前パトカーのビデオカメラに撮られたりけり

白南風という名の付
けられし風受けて
欅若葉の翻りいる

5/3
TUE

5/4
WED

折々に出ずる言葉の
真実を信じいるなり
筋道たてずに

今年また巡りきたれる
祖父の忌の祖母そして
また母の在《ま》さぬ忌の

5/5
THU

池の面をはつかくぼめて髭なかき鯉はパン切れ吸込み潜く

5/6
FRI

川沿いにセイヨウカラシナ陽を溜めて黄を咲かせいる去年よりも殖ゆ

5/7
SAT

5/8
SUN

大きなる嘘をひとつ
せしゆえに春の夜
取舵とりいるところ

ワイルドとあらばドメスティックもあらん七面鳥は壜に貼られて

5/9
MON

5/10
TUE

妻の名は植田裕子

君などと歌の上《え》でしか
呼びえぬを裕子さん
とかあなたと呼びて

音合わぬ小型船舶
操縦士免許更新
を歌にはなし得ず

5/11
WED

「あの夏」の遥かさ
持たぬ学生に小野茂
樹の歌を解釈しおり

二次元を裁るゆえハサミは二枚刃で陽は裁れざれど刃の隙ゆ見ゆ

5/13
FRI

あれほどに天皇制を
否定しいし父《ちち》母《はは》が
われの昭和でありき

5/14
SAT

卓上のホルダに一
日の熱量を取り
戻しいる携帯電話

5/15
SUN

クロネコのドライバーみ
ずしまかずまさはいかな
る字ならん朝ごとに見る

5/16
MON

尻《いさらい》を乗せている椅子
のやや右に傾げる
気配ビールの苦し

5/17
TUE

まっすぐに子にもの言わず過ぐしたりにわたずみの面をくぼめ雨降る

5/18 WED

5/19
THU

ゆるゆると語を継い
でゆく術しらず大き
な夕陽が遠くへ沈む

戦争は宮柊二を殺
さざりそしてわ
が母は生まれき

5/20
FRI

池の端にヤゴ獲る少
年の網の見ゆ網の
目を吹く風湿るらん

5/22
SUN

あまたたび母娘《おやこ》に歌
われ死にゆける花
山家の兎白詰草に雨

初《はつ》夏《なつ》の青き夜空を
撓めいる若竹の
秀に枝分かれ見ゆ

5/23 MON

5/24
TUE

半地下に「カエルの窓」
とう窓のあり折々落ち
いるカエルを逃がす

この度と話し出されて
どのタビか分かからぬ
ままに母の死へゆく

5/25
WED

5/26
THU

アルマーニのホワイト
ジーンズを穿きいしは杳
くなりたり焼き鳥を食う

旋頭歌風に

頭角や角隠しなどいついか
に生う夜の更けをメリッ
ト匂わせ湯舟にひとり

5/27
FRI

5/28
SAT

川向こうは曇りいる
らし月光の川面を
照らし椋を照らさず

仕切りいる襖の穴の
年々に大きくなり
ぬボール手渡さる

5/29
SUN

5/30
MON

こんなとき何か言ってはくれぬかとわが撮りし母の写真に対う

日本の数詞は必ず小さきから数えるべしと四、五個、二、三尾

5/31 TUE

J U N E

東北の方言なればべコの仔を知らずにいたり黒べコ赤べコ

6/1
WED

6/2 THU

緑《あお》濁る田水のうえに
顔映しカワラヒワ
二羽水を飲みいる

三叉路にさわに咲きいるヤマボウシ下辺のポストに歩いてゆかな

6/3
FRI

あちこちの二間に散ら
ばる四人子《よたりご》の読む切
る遊ぶまとわるもいる

6/4
SAT

わだつみの匂いを運
びゅくべしと京都
駅発須磨行き普通

6/5
SUN

6/6
MON

あと四首出来ぬという
子を連れ出して夜の
川辺を歩いていたり

一家四人歌作りいし
その裔は妻子《つまこ》もつ
くる家長となれり

6/7
TUE

ミツビシの鉛筆の尖
まるめつつ◯や△
付しゆく　歌集に

6/8
WED

水無月の温気もろとも閉じいたる冷蔵庫の腰寂しさはくる

6/9
THU

6/10
FRI

母いまさば違《ちゃ》うタイトル
にせしならん刷り上が
りたり『蟬声』三〇〇

欠落を恐れておら
ず星見上ぐ結膜
炎に重たし目蓋

6/11
SAT

6/12 SUN

空木咲く鯖街道の
沢の辺に人のい
るらし薄煙たつ

山に降り集《すだ》き高鳴
る水音の夜降ち
て聞く岩倉川を

6/13
MON

6/14
TUE

去年の春妻のもとめ
し檸檬の樹に五弁
の繊き花が咲きいる

サージェント・ペパーズ・ロンリー・ハーツ・クラブ・バンドをビールの泡に合せ

6/15
WED

黒南風や御所に雨降
る零時すぎタクシー
の窓五センチを開く

6/16
THU

お母さんも喜んでま
すよなどという言
葉は嫌い矢車の青

6/17
FRI

挿し木して二年目の
梅雨紫陽花はやっ
と花をつけたり五輪

6/18
SAT

ああやがて日本の迎
える敗戦を知らぬ人
らの生き継ぐを読む

6/19
SUN

6/20
MON

足《あ》の親指巻き爪にし
て食い込むを青き爪
切りにこそぎいる夜

竹の枝ゆ離れて水面
に落つまでの二秒に
満たぬ錐揉みの螺旋

6/21
TUE

6/22 WED

後に思えば青春後期の日々ならん謐かな月が青く昇りぬ

玄関先の未然連用
三歳がくるまき
ないと指して言う

6/24
FRI

いつよりか内なる少年の声聞かず夜明けのテレビひとりし見おり

積もりいし雪が溜め
たる時の嵩立ち木
をしまき雪代流る

6/25
SAT

6/26
SUN

看板に「節」の文字
の見えおればまたかと
思うも季節と見えつ

いずこかの水面に脱
皮を果たしける黒白
の蚊を双手に潰しぬ

6/27 MON

6/28
TUE

昨日の雨に忘られに
けん雨傘のゆるく
縛られ店先に凭《よ》る

夜の闇を吸い込むご
とく灯しいる螢の
ひとつ二つ四つ六つ

6/29
WED

6/30 THU

産休や異動を報せる
メール二通届きたる
るのち六月おわる

J U L Y

7/1
FRI

典型を恐るるなかれその多く北向きにある日本の玄関

7/2
SAT

半夏生咲きいる頃
かな遠き日の恋はす
なわち単純でよし

死の床の母が歌いし
ごとく　夏ひとか
けの氷音立てて嚙む

7/3
SUN

7/4
MON

不思議な明るさだ
午後七時五分前
に雨の降り出す

母の死をうべないゆく
ごとぼんやりと逢う魔
が時を電話の鳴らぬ

7/5
TUE

九つを貴船まで一
人駆けゆきて晩《おそ》き
螢の高くゆくく見ゆ

7/6
WED

言の葉の近代こそ遠けれ洛北の国際会館に二杯いる烏賊

7/7
THU

わが兄であり たること
とのひと度もなかりし
兄の寝顔かこれは

7/8
FRI

四十は目の前だよ
と日向道ゆんべの
雨の跡をまたげり

7/9
SAT

普段なら曲がらぬ角
を曲がりきて庭先に
咲くナデシコにあう

7/10
SUN

隣りあう佐藤文香を
読み継ぎて半年を
過ぎにわかに親し

7/11
MON

7/12
TUE

手拭に汗の首すじふきいるを朝のシャワーの窓より見たり

梔子は文月の深き暗
闇にピンホールカメ
ラのごとく咲きおり

7/13
WED

7/14
THU

夏の夜を泣いていたんだと気づきたり万年筆のブルーブラック

一陣の鬣ゆけり湖《うみ》
の面に真夏のし
ろき波を生ましめ

7/15
FRI

7/16
SAT

満月が出ているのだろう　遠くで渡辺美里が小さく歌ってる

夏の陽はこんなに影
を濃くつくる正午を
しらす鐘の音聞こゆ

7/17
SUN

7/18
MON

日盛りの何も通らぬ道の上を高く鳶の影が過ぎゆく

雑多なる言葉溢るる
を逃れきて子ツバメ
並ぶ巣を見上げいる

7/19
TUE

7/20 WED

藤の葉に夏の昼風ネクタイを締めたる人を今日はまだ見ず

ビルの間の僅かの隙《ひま》
に夏空とトネリコ
が見ゆ風に揺れおり

7/21
THU

厚らなる泰山木の大
き葉が落ちていた
れば拾いたりけり

子を擲ちし指先熱く
なり始む正午を過
ぎてゲラに向かえば

7/23
SAT

7/24
SUN

犬の散歩繁くなりくる夕つ方尾を曲げいるも地を嗅ぐもあり

去年母の誕生日を
祝いにきた遠からぬ
死を皆が知りいて

7/25
MON

うらわかき子を呼ぶ
声のとおりくる公
園に射す夕日が赤い

7/26
TUE

自転車を青く光らせ
少年は休みに入り
たる朝を駆けゆく

7/27
WED

7/28
THU

プリウスは嫌いな車
なかんずく１１２
２のナンバーなども

法衣着てバス停まで
を走りているが道
を隔てて陽炎の中

7/29
FRI

孫の手をつないで春
の田を覗くそんな日
が来る遠くはないぜ

7/30
SAT

三人でうどんを啜りて昼餉終えん三膳六本の箸を洗えり

7/31
SUN

A U G U S T

雨降れば水音高く
なる堰のほとり
に十三年を住む

8/1
MON

扇風機の風やわらか
き夕まぐれニイニイ
ゼミの低く鳴き出《い》ず

8/2 TUE

昼過ぎの正しい驟雨
の降り方だ夏空暗
めすぐに照り出す

8/3
WED

8/4
THU

カナカナの鳴きつる方に歩き出し徒《かち》いつまでも止まろうとせず

遍在を考えている
夏雲が大きな空
を領している
を領しているから

8/5
FRI

争いと酒と煙草を好む
ゆえ孕まぬように創
りたもうなり　男《お》を

8/6
SAT

分類をするなら女性
名詞とせん雲間を
星はひとすじに落つ

8/7
SUN

8/8
MON

須臾という単位は知らねギンヤンマ水面に三たび四度と産めり

暑き日に死にゆくことを詫びたるを蟬啼く下に思い出しおり

8/9
TUE

8/10
WED

日はかくも短かりし
か稲の穂のかく垂
りいしかひと年前に

8/11
THU

前日にかの枕辺で
書きとりし茗荷の
歌の数首がほどを

8/12 FRI

いくたびも怒られたり

しよ幾度も励まされ

たりしよそして一年《ひととせ》

金木犀に南瓜のなり
いることなども楽し
げに聞きくれたろう

8/13 SAT

8/14 SUN

知覧へと一度行きにきに
き父母とともに行
きたる最後の旅行

黙禱の多き年なり二度目には昼の天井の具を思いておりつ

8/15 MON

それからの一日目と
して飛行機の飛来せ
ぬ日の新しかりけん

8/16
TUE

変な人生ねえとのみ
妻言いて火を焚く
我を離れてゆけり

8/17
WED

8/18
THU

蟬の寝言などと歌えば擬人法かされど夜更けを一声に啼く

落葉松の斑陽《はだれび》の下
砂利道に昨夜降り
し雨の流れたる跡

8/19
FRI

8/20
SAT

湖周路の黄の街灯
が囲いいる水面の
暗さを山腹に見つ

湖《うみ》へとは言わざり
しかど君を乗す東
はつねに湖のある方《かた》

8/21
SUN

8/22
MON

湖岸に吹き寄せ
られて橙の水鉄
砲の中なる淡《あわ》水《みず》

窓薄くあければ雨が
降っている夏の終
わったあとの湿度で

8/24
WED

こんな筈ではな
かった結論となる
12字×《かける》60行が

長男の産まれしことを漠然と受けとめており十二年前

8/25
THU

8/26
FRI

ミズヒキが小さく花を
立てておりつぷりつ
ぷりといずれも花弁

降り出した雨が小降り
になるまでをアルター
ベーンに浮きいる氷

8/27
SAT

バス停にバス待ちい
ると思いしが不意に
道路をわたり始めぬ

8/28
SUN

あるなしの風に揺れい
るエノコロがひときわ
高く見ゆる日の暮れ

8/29
MON

8/30
TUE

仰向けに二匹の蟬が
落ちいたり葉月の
夜に放てば飛べり

どこまでも入道雲
の高き昼母の実
家は湖辺にありき

8/31
WED

S E P T E M B E R

そう言えば母が死んでしまった明くる夜もこうして蛇口を磨いていたっけ

9/1
THU

遥か台風よりの
湿る風わが三十
八の秋の夜である

9/2
FRI

風あらく吹きいる夜半
に家々の屋根とおく
まで続きいるが見ゆ

9/3
SAT

ひと夏を繁りきりたる
ジャスミンに白き蕾
はふくらみはじめぬ

9/4
SUN

こっちまでおいでといわれてしまいたり雲迅き昼に一人し立てば

9/5
MON

9/6
TUE

性欲を愛しむがごと
ベルトを通す18
時43分市民薄明

エリーゼ宮にかつてあ
りたる肥り肉《じし》シラク惚
けるをラジオは伝う

9/7
WED

9/8
THU

聞き分けうるは三種のみにて秋の夜の冷たき窓に虫を聴きいる

死の後にしか成らざ
ると昼つ方追悼号
に朱をいれてゆく

9/9
FRI

9/10
SAT

もとおりて帰り来たれ
ば青北風《あおぎた》に口笛のご
とジャスミンの咲く

瘦せすぎて背骨の浮き
いるヤモリおり事務所
の門灯ともして帰る

9/11
SUN

9/12
MON

五時半に約束のある
日曜が生きいるう
ちに何度かはある

名月のあらん方むき
ペプシのペットボ
トルの蓋をあけたる

9/13
TUE

9/14
WED

フクロウが鳴いているよと起こされてホトトギスも鳴いているねと言いて寝ねたり

9/15
THU

もう夏を思わずとも
よしう黄のカンナ車の
おこす風に揺れいる

9/16
FRI

四年前東直子は
二十一年来の友
の文を読みいき

子を三人《みたり》秋祭りへと
連れ出せば三人揃っ
てチョコバナナ食う

9/17
SAT

わが秋の鬱をかこちて深更の道の真中に佇んでみる

9/18
SUN

様々の啼き声のする
夜の山を見上げておれ
ばフクロウが飛ぶ

9/19
MON

9/20 TUE

もう母の生み出す言葉
のなきゆえに語られ
たるは残れるゆえに

9/21
WED

遠くまで風は吹きおりヤブガラシ白く小さく叉《さ》をなして咲く

塀の上に木槿は白く
濡れておりすぎたる後の昼間を

9/22
THU

台風ののこしてゆき
し涼しさに触れつつ
文を書き終わりたり

9/23
FRI

中心と定められた
ある悲しみの紙に穴
ありコンパスの円

9/24
SAT

中洲にはコスモスひと
本咲きいたりそよろ
と秋の風は吹くべし

9/25
SUN

9/26
MON

欄干を見上げておれ
ばゆくりなく視野
の端より鳶が過りぬ

屋根の上に籾焼く煙
立ちのぼり夕陽は
不意に色をうしなう

9/27
TUE

9/28 WED

午後の陽の差し込む
マクドナルドにて後
半生を思いていたり

朝刊にびっくりするほ
どの晴れマーク並ぶを
見たり秋晴れである

9/29
THU

9/30
FRI

身のうちの深き疲れ
は長月の　扇子の
風を額《ぬか》にあてつつ

O C T O B E R

「シクラメンのかほり」ハミングしいし母我は生きいる同じ齢を

10/1
SAT

10/2 SUN

父母が初めて建て
し滋賀の家にただ
眠かりき十代前半

別名をハナックバネと
知りしよりアベリアの
垣根浮きいるがに見ゆ

10/3
MON

10/4
TUE

竹生島が海津大崎に
隠るるを秋の陽の
さす車窓に見ていつ

「天国と地獄」が
いまも使われて
砂埃たつ運動会に

10/5
WED

10/6
THU

この身より出でゆくこ
とのかなわざりその身
を霖に打たせて帰る

右弦左弦とは言わない
けれど明らかに左
弦の月だ秋の夜の風

10/7 FRI

10/8
SAT

祖父の第二句集『喜望峰』刊行　祖父は末期がん。僕にとって最後の祖父母だ。

間に合って『喜望峰』を届けたりカバーに描かるるトンボの翅脈

早朝に家族六人が
乗り込んで陽《よう》と
颯《そう》が出る運動会へ

10/9 SUN

10/10
MON

ジーンズ屋の駐車場に
たつ桂の木葉の褪せゆ
くを日々に見て過ぐ

10/11
TUE

来年は一年生だよが
口癖となりてすぐ
泣く陽の手を引く

10/12
WED

いくたびもあなたを
思い出すだろう土壁
ぞいの若かった頃の

10/13
THU

みずからの駄作を蔑
する男いてその凡
作をわれは誉めたり

食道を詰まらせてしまった癌のこと歌いおくべし歌えば残る

10/14
FRI

車椅子に乗せて窓辺
に連れゆきて今年
の秋の夕暮れを見す

10/15
SAT

10/16
SUN

お母さんと暁《あけ》近き机《き》
に額つきて呟いて
おり酔《え》いたる様に

ああこれは八十年ほど
前の世相だと私はと
にかく思っておこう

10/17
MON

10/18 TUE

祖父が死んだ。あと二日で九十一歳だった。

もう孫でなくなってしまった夕つ方稲架の濃き影外に出でて見つ

蠟燭の炎の歪みに
冴ゆるまで白菊
一本の密なる内向

10/19
WED

西山に上弦の月沈
みつつ祖父の葬
儀のただ一度きり

嫌なのだ昼が短くなることもいるべき家に人がいないのも

10/21
FRI

10/22
SAT

出ませんようにと言われたお疲れがゲラ刷りなぞる赤ペンの尖

風邪気味だなどと思ってイソジンを喉奥深くころがしている

10/23
SUN

あの時の拾い残し
し母の骨熱《ほめ》きいた
るを思い出したり

10/24
MON

おそらくは今年最後だ全日空国内線のチケットを買う

10/25 TUE

いっせいに散り始める
にはまだ早い夏に
ばっさり伐られた欅

10/26
WED

食卓に「明日の玲」へ
と手紙置き寝ねにゆき
たり「きのうの玲」が

10/27 THU

表紙絵は鉄路なる歌集
五〇〇部の　寂しき
ことを人は言わざり

10/28 FRI

そしてまた湖を探《さが》しに
ゆくだろうこくりと
骨を鳴らしてのちに

10/29
SAT

10/30
SUN

背伸びして腕をのばせば星がまだつかめた頃の話をしようか

小学五、六年生のころアメリカにいた。

キャンディーやチョコレートばかりであった筈いたずらのこと考えもせで

10/31 MON

N O V E M B E R

言葉とはかなしき
ものを五日月東
の空に落ちて半時

11/1
TUE

11/2
WED

気仙沼市

ストリートビューに残
れる街を進みたり航空
写真にすでに無き街

11/3
THU

雨はいま西に降りい
ん手放した言葉はつ
いに我がものならず

11/4
FRI

預貯金のごとき字足らず下の句に秋の朝日が盈ちおり白く

流星の一つも落ちて
来ぬもののかわがかか
こつ鬱三月《みつき》となりぬ

11/5
SAT

極北を美《は》しき言葉

と思いたりその野

辺に咲く丈低き花

11/6
SUN

11/7
MON

明るさが闇をつく
る半月は望遠鏡
にさかしまに浮く

11/8
TUE

大いなる梨に最初
の一《ひと》当てのナイフ
の刃《は》文《もん》に兆す性欲

恃むべき明日がまだあるわがためにポインセチアを暗きに置きぬ

11/9
WED

11/10
THU

弄するな一気に透徹
せよ月光が冬木の
枝を騒がせにけり

雨が夜を邃くしてゆくひとかけのチョコレートを食《お》して思えば

11/11
FRI

11/12 SAT

幾年も納屋の下処《したど》に
ありたるが取り壊
されて雨の染む土

懐かしく降っていた
雨少年の我が肩口
をはつか濡らして

11/13
SUN

11/14
MON

折り返し地点が今なら母逝きし齢をはるか越えてゆくなり

しずかなる紅葉と思《も》
いぬ公園のアメリ
カフウに朝日が及ぶ

11/15
TUE

11/16
WED

いつしらず氷雨降り
おり暖房の音に消
さるるその雨音は

おかあさんの機嫌の悪
さを口にせず子らと
三人《みたり》でひとつ柿食う

11/17
THU

堰の間を面とし
流るる鴨川の昼
九つを乾坤に秋

11/18
FRI

比叡より琵琶湖を
眺む紫に色づく
楓に車をよせて

11/19
SAT

11/20
SUN

夜に入るにがてんがて
んとトタン打つ雨の
雫をひとり聞きいる

おそらくは若きの書
き込み運であること
諾わずその後を見ず

11/21
MON

ないだろうあれほどま
でに楽しむは　朝方
までを球を撞きいき

11/22
TUE

青空が青空すぎて
ケシ山の紅葉は
消しぬ自《し》が存在を

11/23
WED

11/24 THU

昔から自分であった
気がしだし末生以
前の生をあずかる

ひねもすをなにもな
しえずともかくも礼
状一通出して帰らな

11/25
FRI

11/26
SAT

山茶花は咲いておりたり色弱のわが目に見ゆるこの秋の花

日の暮に佇む男をあやしめりタクシーの来て乗りてゆきたり

11/27
SUN

11/28
MON

散りいるを高く掃き寄せ燃したればほどなく燠火の小さき火となる

11/29
TUE

遠き地に降り続けい
る雨のこと櫟のひ
ろき落ち葉がうごく

11/30
WED

京都市北区紫竹に京都北郵便局

あかねさす北郵便
局に人多し米田律
子の並びていたる

D E C E M B E R

水浅く流れの見えぬ桂川冬の電車に越えゆくところ

12/1
THU

12/2
FRI

月が変わり、短歌日記のページの写真が猫に。

大き猫こちらにねぇう
と鳴くように口を開
けおり師走に入れば

生ぬるき初冬の
嵐　背後より追い抜
いてゆけアリスの兎

12/3
SAT

12/4
SUN

文体に雌雄がある
ならこれはオス品
田悦一『斎藤茂吉』

やまだ紫河野裕子の
ともに亡し糠床は
まだ残りてあるや

12/5
MON

12/6
TUE

言葉にも季節はある
と思いたり時雨のの
ちの午後が冷えゆく

夜の底を水仙しろく
咲きいたり月はし
ずかに月蝕をまつ

12/7
WED

12/8
THU

フジヤマノボレは語
呂悪し赤城以下単《ひと》
冠《かっぷ》を発ちて七十年

身体とは動かすため

にあったのだ思い出

したり落葉掃きつつ

12/9
FRI

12/10
SAT

お前たちと言っておか
ねばならぬことと祖父が
従軍した孫であるなら

冬の日の大谷祖廟墓域の見晴らしよきに祖父を埋めたり

12/11
SUN

12/12
MON

日曜になれば出でゆくものとして子ら思いいんん父親のこと

生涯に賞与を得し
は三度のみ釣の友
潰れ十三度目の冬

12/13
TUE

12/14
WED

病む人の家を訪いた
り病む人は小さく座
して泣いておりにき

細《さい》布《ふ》とう詞ぞ美《は》しき
表装に使われた
るを車中に読めり

12/15 THU

掃き寄せて楓落ち葉
を燻べたりいくばく
ののち燠火はくすみ

12/16
FRI

ふらんす堂辞して
四時間地下鉄の北
山駅を出れば初雪

12/17
SAT

12/18 SUN

晩年は死後に顕ちくる
言なれどついには個
人に帰してゆく日々

候文書きしことな
し届きたる礼状
に探すも無之候

12/19
MON

舌先に口内炎を触《さや》りいる母の枕頭にありしケナログ

さびしさにつぶされ
そうな人といて東
京湾も夕焼けていん

12/21
WED

12/22
THU

海へ　奔りゆかんか
夜の海へ長きメー
ルになが〳〵応えて

あたたかい冬至だった
と思い出すこともあ
るらん四十のわれが

12/23
FRI

週末の雪の予報は
嬉々とせりラジオ
の中なる女の声に

銃声の二度したるの
ち雪雲をいただく
山はしずもりてゆく

12/25
SUN

12/26
MON

知っていて言わない
ことが多くある冬
木の影が街灯に伸ぶ

向き向きに輝きを立つる積もり雪疾風ののちに翳りおりたり

12/27
TUE

12/28
WED

つややかな背《そびら》に斑《はだら》
に雪を積み嘴太
鴉がついばむ川原

結氷の深泥池の中
ほどの溶けたる
隙《ひま》に鴨の浮く見ゆ

12/29
THU

12/30
FRI

雨と雪混じり降る
朝空間に終速度
なるわずかな遅速

12/31
SAT

紫木蓮上《ほつ》枝《え》下《しず》枝《え》に
縷をなせる珠が
折々音もなく垂る

あとがき

よく晴れた十一月のある日の午後だった。ふらんす堂の山岡さんから事務所に電話がかかってきた。

いつもの元気な口調で「来年から短歌日記をしてくださらない」と言う。熱心なネット徘徊者ではない私は、それが一体なにのことを指しているのか、見当がつかなかった。受話器を片手にふらんす堂のホームページを開けてみると岡井隆さんが連載されている。歌誌「未来」の編集後記で岡井さんが短歌日記のことを書かれていたのを、そういえば、と思い出している私の受話器越しに山岡さんの弾むような説明が続く。

秋の午後の陽が、西側に開いた大きな窓のブラインド越しに豊かに差し込んでいた。しばらくためらったのだが、色づきはじめた欅の葉が風に揺れ、その影が白い壁にちらちらとゆらめいている、こんな秋の日にはこれ以上ないぐらいにふさわしい、素敵な打診のような気がしてきて、引き受けることにした。

歌はとにかく、たくさん作れ作れと生前の母が言っていたことも思い出しながら受話器を置いたのは、母の死後三ヶ月たった二〇一〇年十一月九日のことだった。

＊

十九歳の誕生日を目前に控えた八月十日頃、十八歳の次には十九歳が来て、一年後にはまた十八歳が来るのだ、と半ば本気に思い込んでいた。そしてそう信じてさえいれば、本当に十九歳の次にはまた十八歳が来るような気がしていた。わが十八歳を微笑ましくも思い返すのだが、そんな焦燥感を抱きながら琵琶湖へ向かう比叡山の峠道に車を走らせていたあの日のことが懐かしく思い出される。ちょうど二十年前のことである。そして当たり前のように、十九歳の翌年には二十歳になった。

歌集名を「湖をさがす」とした。私にとっての「湖」とは琵琶湖、そしてそれに連なる数個の内湖のことに他ならない。私の住む洛北岩倉から琵琶湖へは、車で三十分も走れば着いてしまう。山を越えれば、すぐそこに圧倒的な水の塊が在るという安心感は、大きい。

琵琶湖は量感があって謐かで、そして昏い。そうした水の質量が背後に、あるいは傍に常に存在するということが、どこかで自らの成り立ちや歌作りの根っこになっているようにも思っている。

＊

毎日一首を作るというのは、私にとっては初めての経験であった。畢竟、日録のような歌が多くなってはいるが、五句三十一音の詩型に言葉を委ねてさえいれば、何かを言おうとしなくてもいいのだ、と半年を過ぎた頃から気づきはじめた。現実的な内容でなくてもいい、シンボリック・メタフォリックな意味を籠めなくてもいいと切り替えられた時から、作歌が楽になった。楽になった、というのはしかし、正確ではない。一首を作るのはやはりしんどいものである。しかしそのしんどさが別の種類にかわってきたのは間違いない。

本歌集に先立つ第一歌集『1／125秒』をお読みいただいた方から、「私小説」との評をいくつかいただいた。意味するところは、詩的昇華がなされていない、ということでもあろう。まさしくその通りである。あまりにも自らに引きつけすぎて歌を作っていたことの未熟さを思う。自らの経験、知見、教養の狭さは本人が一番わかっている。では詩の端緒をどこに求めるのか、その萌芽がこの三六五首となり得ているか、甚だ心許ない限りではあるが、ともかくもこれが二〇一一年の一年間に毎晩深夜までかかって作り続けた結果である。

＊

今年は同じ連載を小島ゆかりさんがされている。閏年の今年は三六六首作らなければならない。連載を始める以前の私であったなら、一首でも少ない二〇一一年でよかったと思ったであろうが、今の私はそのエクストラな、うまれることのなかった一首を残念に思うものであり、小島さんを羨ましくさえ思うものである。そう自ら思えるようになったことを、山岡喜美子さんに感謝する由縁でもある。

二〇一二年六月十九日　台風四号の近づく窓辺にて

永田　淳

著者略歴

永田　淳（ながたじゅん）

一九七三年滋賀県生まれ。同志社大学文学部英文学科卒業。歌誌「塔」編集委員。二〇〇九年歌集『1／125秒』（ふらんす堂）で第35回現代歌人集会賞受賞。「青磁社」代表。

湖《うみ》をさがす　Umi o sagasu　永田淳　Jun Nagata

2012. 8. 24 刊行

発行人｜山岡喜美子

発行所｜ふらんす堂

〒182-0002 東京都調布市仙川町 1-15-38-2F

tel　03-3326-9061　fax 03-3326-6919

url　www.furansudo.com　email　info@furansudo.com

装丁｜和　兎

印刷｜㈱トーヨー社

製本｜並木製本

定価｜ 2000円＋税

ISBN978-4-7814-0499-8 C0095 ¥2000E

2007 十階 jikkai
東直子 Naoko Higashi

2010 静かな生活 Shizukana seikatsu
岡井隆 Takashi Okai

短歌日記シリーズ　定価2000円+税　以下続刊